KB200928

오늘도 그대 덕분입니다

오늘도 그대 덕분입니다

펴낸날   초판 1쇄 2024년 10월 25일

지은이   성광선
펴낸이   서용순
펴낸곳   이지출판

출판등록   1997년 9월 10일
등록번호   제300-2005-156호
주소   03131 서울시 종로구 율곡로6길 36 월드오피스텔 903호
대표전화   02-743-7661 팩스 02-743-7621
이메일   easy7661@naver.com
창작지도   윤보영 감성시학교
인쇄   ICAN
물류   (주)비앤북스

값 13,000원

ISBN 979-11-5555-229-2 03810

※ 잘못 만들어진 책은 교환해 드립니다.

성광선 감성시집

오늘도
그대 덕분입니다

이지출판

 일상을 즐기며 시(詩) 같은 삶을 살아온 성광선 시인이 첫 시집을 발간한다. 우리가 만난 건 얼마 되지 않았지만, 그는 이미 2014년에 인터넷을 통해 저의 커피 시를 읽고 감동했다고 한다. 비록 짧은 시였지만 제 이름을 오랫동안 기억할 정도로 그 힘은 대단했다. 그런 감성시를 성광선 시인이 직접 적어 시집을 발간한 것이다.

 직장에서 지방 출장이 잦았던 성광선 시인은 그때그때 느낀 것을 메모하고 SNS으로 지인들과 소통했다. 그렇게 적은 메모들이 감성시의 바탕이 되었고, 그 메모에 '윤보영 시인 감성시 쓰기 공식 10'을 적용하자 신기하게도 모두 감성시로 재탄생하였다. 감성시란 감동한 장면을 아름다운 글로 적은 것인데, 그가 지인들에게 전해 준 메모 속의 산, 바다, 마을 등은 직접 가 본 곳이므로 그는 감성시인이 되기 위해 오랫동안 준비해 왔다고 여겨진다.

성광선 시인은 2025년 1월 직장을 퇴직하고 제2의 삶을 시작하게 된다. 이를 위해 이미 경기도 안성에 마련해 둔 집필실에서 틈틈이 텃밭을 가꾸며 감성시를 배우고자 하는 이들에게 시 쓰기를 지도하는 역할도 해 줄 것으로 기대한다. 이를 위해 먼저 시를 적은 선배 시인으로서 적극 도와 드릴 것을 약속한다.

한 권의 시집이 탄생하기 위해서는 참 많은 노력과 응원이 필요하다. 성광선 시인의 가족과 직장 동료들, 그리고 멋진 시집이 탄생할 수 있도록 도와주신 이지출판사 서용순 대표님, 윤보영 시인과 연결해 주신 KB국민은행 화원지점 이영미 지점장님께도 감사드린다. 더불어 시집 발간이 가능하다는 믿음으로 지금까지 잘 따라와 주신 성광선 시인님께 거듭 감사드린다.

'이야기터 휴'에서
커피시인 윤보영

저와 가족들에게 든든한 울타리가 되어 준 KB국민
은행 정년퇴직을 앞두고 인생 2막을 준비하는 시간을
갖게 되었습니다. 이 시간에 무엇을 할까 생각하다가
은퇴 후 제가 하고 싶은 일, 버킷 리스트 중 하나인
감성시 쓰기에 새롭게 도전하기로 했습니다. 제 일
상에서 보고 느낀 생각과 경험들을 시로 적는 것이
쉽지 않았습니다만, 용기를 내어 첫 시집을 펴냈습
니다.

이 시집은 그동안 일기처럼 써온 글과 SNS를 통해
지인들과 소통하며 메모해 두었던 글들이 바탕이 되
었습니다. '윤보영 시인 감성시 쓰기 공식 10'에 맞
춰 감성시로 다시 태어난 이 시들을 통해 제가 느낀
세상의 아름다움과 사랑, 열정, 감동을 담아내고 싶
었습니다. 이 짧은 시들이 여러분에게 투영되어 함
께 공감하는 기회가 된다면 더없는 기쁨이요, 앞으
로 저의 행로에 큰 위로와 응원이 될 것입니다.

이 시집이 나오기까지 한결같이 응원해 준 가족과 윤보영 시인님, 시인님을 소개해 주신 KB국민은행 화원지점 이영미 지점장님, 멋진 시집을 출판해 주신 이지출판사 서용순 대표님에게 깊이 감사드립니다.

특히 저에게 시인의 길을 열어 주신 윤보영 시인님은 바쁘신 가운데도 열정을 다해 시 쓰는 방법뿐만 아니라 그 안에서 자신을 찾아가는 법을 가르쳐 주셨습니다. 그 가르침이 이 감성시에 스며들어 여러분에게도 전달되었으면 좋겠습니다. 시는 읽는 이의 해석에 따라 새롭게 태어난다고 합니다. 여러분이 이 시집을 통해 자신의 경험과 감정을 마주하고, 그 속에서 작은 행복을 느낄 수 있었으면 합니다. 고맙습니다.

안성서재에서 성 광 선

■ 차례

제1부 궁금해요, 그대 마음

제2부 잘 있나요, 그대 사랑

제3부 함께해요, 우리 모두

제4부 고마워요, 우리 믿음

제5부 감사해요, 잊지 않을게요

제1부

궁금해요, 그대 마음

가을편지

국화꽃 향기에 이끌려
편지를 쓴다

구름 한 점 없는
푸른 하늘로
편지를 보낸다

그 편지가
내 안으로 들어왔다
그럴 수밖에
그대는 지금
내 그리움 속에 있으니까.

그림

도화지에
가을 풍경을 그렸습니다

그려 놓고 보니
마음을 그렸나 봅니다

도화지 가득
그대 웃는 얼굴이 있는 걸 보면.

갯바위

그대
내게
갯바위로 와 준다면

그대 기다리며
바람이었다가
구름이 되고
또 가끔은 햇볕이 되는

나는
참
행복할 것 같아요.

돌다리

궁금해요, 그대 마음
잘 있나요, 그대 사랑
함께해요, 우리 사랑

나는 그대에게
떨림으로 놓인
돌다리가 되고 싶어요

그대 가슴에 놓인 돌다리
그대를 기다리는 돌다리!

버드나무

산들바람이
버드나무 가지를 흔든다
흔들흔들

그런데
왜 내 마음이 흔들리지?

이런 이런,
버드나무 흉내 내며
그리움을 흔들고 있었네.

풍선처럼

풍선은
자기 마음대로
하늘을 날지만

내 마음에
풍선처럼
그대 생각을 넣는다면?

글쎄,
그대 찾아가겠다며
그리움 속으로 날지 않을까?

그대

수많은 만남 중에
그대처럼
귀한 인연으로 가꾸고 싶은
그런 만남은 없었습니다

그 만남
한 세월 지나도
여전히 소중한 것은
내가 당신을 더 좋아하기 때문입니다

좋아하는 마음에
앞으로도
행복 나눔을 실천했으면 하는
그 생각에 사랑 하나를 얹은 것은

눈에서 멀어져도
가슴 깊이 담아 두고
당신이 나누는 행복 속에
머물고 싶어서입니다.

고구마

뜨겁기로 말하면
아궁이 속 군고구마와
내 안의 그대 생각은
거기서 거기!

나팔꽃

아침이슬에
나팔꽃이
더 나팔꽃답게 피었습니다

나팔꽃처럼
그리움 속 그대 생각도
웃는 얼굴로 피었으면 좋겠습니다

나팔꽃 활짝 피운
오늘 날씨가 맑습니다

그대 생각 꺼낸
내 기분도 따라 맑습니다.

코스모스

코스모스 핀 길가에서
내 모습 훔쳐보고
시치미떼던 그 아이처럼
코스모스가 하늘거립니다

그래요,
내 가슴에
그때 그 길을 만들어
코스모스 가득 심을 테니

코스모스 핑계대고
그 아이 불쑥
나타났으면 좋겠습니다.

부탁

언제부턴가
함께 있으면 좋은 사람
그 사람이
내 마음속 주인이 되었습니다

하지만
괜찮습니다

내 마음 내어주고
주인이 되어 달라고
제가 먼저 부탁했거든요.

그 바다

한 방울
물이 모여 작은 실개천이 되고
작은 실개천이 모여
강이 된다

그렇게 만들어진 강은
바다로 간다

그 바다
내 가슴에 있다

일상에서 만난
그대 생각 담고
그리움이란 이름으로 있다.

새장

간혔어요
내 마음
새장 속 새처럼

하지만
기분 좋아요

간힌 곳이
그대 마음이라
좋을 수밖에요.

내 곁에

웃음 가득한 일만
건강 가득한 일만
행복 가득한 일만
희망 가득한 일만

그러다
결국
그대라고 적었다

나보다
더 행복했으면 좋을
그대.

꽃이 되어

그대와 함께 걷는 길은
언제나 꽃길입니다

내가
그대 좋아하는 마음으로
꽃을 피우고

그대도
날 좋아하는 마음으로
꽃을 피워서

서로 가슴에
그 꽃을 꽂아 주고
함께 걷는 길은.

공감

마음이
행동을 지배한다죠

정말 좋아한다면
저처럼
마음을 나누세요

혹시
내 마음 그대에게
전해졌나요?

아직이면
보고 싶은 마음
강도를 높이게요.

별

난
그대의 별

아니
붉게 물드는 노을

아니
아니
그냥
나!

그대 좋아하는
지금 나!

참 좋은 친구

모든 걸
혼자 잘해 낼 수는 없다

함께하면
해낼 수 있다

사람과
사람 사이에
우정, 사랑, 나눔이 채워지면
해낼 수 있다

그대 사랑이 있는데
못해 낼
이유가 없다.

메아리

소리쳐 외쳐도
돌아오지 않는 메아리는
메아리가 아닙니다

더욱더
크게 소리치고
메아리를 들으려 귀 기울여도
메아리는 들리지 않을 수 있습니다

그러나
아주 조용히 귀 기울여 보면
어느새 내 곁에 다가와 있는 당신!

듣지 못하는 게
오지 못한다는 뜻은 아니었습니다

이미 그대
내 곁에 와 있는 걸 보면 압니다.

가로등

기다리는 사람 없는
가로등도
밤새 켜 두는데

그대 기다리는
내 안에
보고 싶은 마음 켜 두는 것
흉보지 않을 거죠?

들풀처럼

들풀에게 삶을 물었습니다
그러자 들풀은 이렇게 대답했습니다
"그저 흔들리는 일!"

맞습니다
나도 그대 생각에
흔들립니다

흔들려도
풀이
늘 그 자리에 있듯

저 역시
그 자리에 있습니다
행복한 마음으로 있습니다.

맨드라미

맨드라미가
바람에 흔들립니다

그대 생각은
그리움을 흔들고

맨드라미는
붉은빛으로
화단을 설레게 하고

그대 생각은
웃는 모습으로
나를 설레게 합니다.

제2부

잘 있나요, 그대 사랑

두부

아궁이에 불을 지핍니다
몽글몽글 땀이 맺힙니다

간수를 조금 넣었더니
뭉게구름처럼 꽃으로 핍니다

꽃 속에
지난 그리움과
추억이 펼쳐집니다

늘 내 편 되어 주시고
내 일이라면
앞장서서 도와 주신
어머니 모습이 다가옵니다

아, 어머니!
당신이 그립습니다.

별빛 그리움

어린 시절
별빛 가득한
밤하늘을 바라보며

할머니 무릎 베고 누워
옛이야기 듣다가
잠들곤 했지요

그날처럼
별이 많은 하늘
내 가슴을 헤집던 유성처럼
당신이 확 다가왔으면 좋겠습니다

생각만 해도 더 그리운
할머니 당신!

어머니와 소풍

잠이 오지 않았지

이른 아침
삶은 계란과 사이다
분홍 손수건에 싸 주시던 당신

그립다,
그날이 그립고
함께 갔던 친구들이 그립고
선생님이 그립고

하지만 가장 그리운 건
역시 당신
아,
어머니!

안부

전화기 너머
들려오는
힘없는 목소리

식사는 하셨는지
편찮은 곳은 없으신지
걱정이 앞선다

늘
아들이 보고 싶은
나의
어머니!

미처 몰랐다

아랫목 이불 속
진작부터
밥그릇이
아버지를 기다리고 있다

화로 위에서
맛있는 찌개가 끓는다
이제 곧
아버지가 돌아오시나 보다

그때는 몰랐다
이불 속 밥이
갓 지은 밥보다 따뜻했고

화로 위 찌개가
부엌에서 끓인 찌개보다
더 뜨거웠던 이유

아버지에 대한
어머니 사랑!

그 사랑을 알기 전에는
몰랐다.

사랑하니까

좋아하는 내 마음
그대는 얼마나 알까?

날 좋아하는 그대 마음
나는 또 얼마나 알고

하지만 알고 보니
좋아하는 게 문제가 아니라
좋아지는 게 문제였다

그대 생각 꺼내면
싱글벙글!
미소부터 먼저 나오는
나에게는.

봄비

봄비가 내립니다
메마른 나무에
새싹을 불러냅니다

봄비가 내립니다
내 마음 속 그리움
그대 생각을 불러냅니다

봄비 그치면
나무는
봄비에게 고맙다 하고
나는
봄비에게 감사하다 하고.

그날을 기다리며

고요히 기다리면
불평이 주저앉고

꽃 진 자리에서
긴 시간 인내하면
기어이 열매가 맺힌다

그래서 기다린다
긴 시간을 지우면서
웃으면서 만날 날!

바쁜 일상에
미소, 즐거움, 행복을 펼쳐놓고
내 얼굴에 꽃이 활짝 필
그날을 기다린다.

눈오리

길에
눈이 쌓였다

누군가
눈 위에
눈오리를 만들었다

그래,
어쩌면 저 오리
물이 그리울 수 있어

내가
한여름에도
그대와 눈 내린 들판을 걷던
그 길이 생각난 것처럼.

* 눈오리 : 오리 케이스에 눈을 넣고 눌러 만든 오리

사진첩

사진첩을 펼칩니다

옛 사진 속 내 옆엔
늘 그대가 있습니다

내가
좋아했나?

그럼 그대
지금 어디에 살까?

혹시, 그대도
이 사진 보며
내 생각 한번 했을까?

다시 나로 돌아옵니다
그리움 한자락
담고 사는 나
즐거운 일상 속 나로.

신호등

빨간불에
차가 멈춘다

파란불에
차가 출발한다

내 안에도
신호등이 있다

내 생각은
그대 향해 달리는
늘 파란불

그대 모습은
내 안에서
늘 빨간불.

맷돌

맷돌은
돌릴수록
더 곱게 갈아준다는데

그럼,
내 그리움도
맷돌에 돌릴까?

아니 아니,
그대 생각은
내 안에
머무는 자체가
행복이지.

단상

오랜만에 버스를 탔습니다
평소 보지 못했던
많은 것이 보입니다
같은 거리
같은 시간인데도 말입니다

잠시 고개를 돌려
뒤돌아봅니다
그곳에
제가 있습니다

참 바쁘게 살아온 나!
버스 타고
신기해하는 나 말입니다.

해무

해안가 아침 산책길
해무가 피어오른다

걷다 보니
해무가 앞을 가렸다

그래,
해무 위에
그대 모습 그리는 거야

세상에서
가장 커다랗게
웃는 얼굴로

나도
따라 웃고 있었다.

삭정이

눈 덮인 산에서
삭정이를 주운 적 있다

말라죽은 나뭇가지는
추운 겨울을 따뜻하게
보낼 수 있게 해 준다

우리 일상에서도
힘든 지금을 견디기 위한
삭정이가 필요하다

맞다,
가슴 깊이 담겨
나를 따뜻하게 만드는 기억!
그 기억이
눈 내린 가슴속 삭정이다.

* 삭정이 : 살아 있는 나무에 붙어 있는 말라죽은 가지

호접란

거실 창문 옆
활짝 핀 호접란이 반긴다

그래서일까?
식사 때마다 기분 좋다
늘 그 자리에
그대로 피어 있는 꽃!

이 꽃이
그대 웃는 얼굴이라면
밥맛까지 좋겠지,
아마.

약속

약속은
상대방과 맞추어
정하지만

우리 사이에는
맞출 필요가 없다

난 이미
그대 향기에
포로가 되어서….

마중물

어린 시절
마당 한켠에
펌프가 있었다

마른 펌프에
마중물을 붓고
물을 퍼 올리던

그 세월 지나고 보니
그 마중물
아버지 사랑이었다

철없는 아들
가슴에 담아 주신.

술래잡기

술래가 찾지 못하게
담배 건조실에 숨었다

시간이 지나도
술래가 들어오지 않았다

술래는
첫사랑 확인처럼
문 앞에서
내가 나오기를 기다리고

나는
첫사랑 고백처럼
문안에서
술래가 들어오기를 기다렸다.

여우비

맑은 하늘에
갑자기 비가 내립니다

그대
비 맞을까 봐
우산을 들고 달려갑니다

내 안으로
종종걸음칩니다.

바람길

걷고 있는 숲속에
바람길이 있다

이 바람길에는
더위가 얼씬도 못한다

그늘인데다
산들바람 같은
그대 생각
하고 있는 지금은.

탄생

2024년 9월 6일 16시 42분
장주원!
기다리던 손주가 태어났다

세상에
축복으로 온 너
너는 우리에게
설렘을 안겨 준 선물!

작은 눈으로
지금 막
세상을 담고 있는 아가야
이제 눈과 마음으로
더 넓은 세상을
마음껏 담아 보렴

그런 너를 위해
도와 주고
이끌어 주고

네가 담아야 할
넓은 세상으로
우리 함께 나가보자

아가야!
사랑한다, 아가야!

한가위

온 가족이 둘러앉아
송편을 만들었다

크기와 모양이
제각각!

난
보름달처럼
커다랗게 만들었다

당연히
송편 속에는
그대 생각을 넣고

그런데
이 송편
다른 사람이 먹으면
어떻게 하지?

농부의 밭

부지런한
농부의 밭에는
풀이 자라날 시간이 없답니다

부지런히
사랑 중인 내 가슴에
바쁜 일상이 사라지고
그대 생각만 가득한 것처럼.

잡초들의 아우성

귀농한
청춘 농부
들깨밭에 잡초를 키운다

꿈에서
들깨들
내 편 되어 달라고 부탁한다

들깨밭에 나가
잡초를 뽑는데
잡초들이 아우성이다

땅주인이 누군데
우리는 왜
꿈속에 들어갈
기회조차 안 주는데?

콩나물

집에서
콩나물을 키운다
나는 물주기 담당

물을 주다 보면
노란 싹이 쑥쑥!
그래, 내 안에서도
콩나물을 키우는 거야

물을 주듯
그리움에 그대 생각을 더한다
보고 싶은 마음이 쑥쑥!

요리법은
사랑밖에 모르는데
걱정이다.

찰옥수수

청춘 농부는
맛있는 찰옥수수 씨앗을 심었어요

이것보다
더 맛있는 옥수수는
이 세상에 없을 겁니다

그대가 오늘
옥수수를 먹으면서
"최고!"라고
말했으니까.

가을에

가을 찬바람에
길가 나무들이 잎을 떨굽니다
겨울로 갈 준비를 합니다

나는
그대 생각으로
그리움을 덮습니다
봄 맞을 준비를 합니다.

울타리

"그대의
울타리가 될래요!"

이 말 했다가
깜짝 놀랐다

울타리 밖으로 고개 내민
백일홍 가지처럼
그리움 밖으로
그대 생각 뻗어 나와서.

다음

실망하지 마세요
다음이 있으니까

슬퍼하지 마세요
다음이 있으니까

다음은
희망 뒤에 있고
그다음에 이룸이 있어요

눈을 감고
내 안에서 그대를 불러내
손을 잡았습니다

"다음에
우리 만나요!"

바둑판

검은 돌과 흰 돌
만남의 광장에는
어김없이 돌이 놓인다

서로 눈치 속에
바둑판이 움직인다

그러다
지는 쪽이 결정된다

늘 기다림이 이기는
내 사랑과 달리
실력으로 결정된다.

계단 조심

아침 산책길
계단을 오른다

계단은 올라갈 때
넘어지지 않아야 하고
내려올 때
미끄러지지 않아야 한다

그걸 익혀
일상 속에서도
절대 넘어지지 않고
미끄러지지도 않았다

그러니
하는 일마다
성공할 수밖에.

노각

부엌에서
아내가
노각을 무치고 있다

내 생각을 넣었나?

오늘따라
냄새가 더 고소하다.

친구를 떠나보내며

곧 떠나야 하는
아픈 친구에게 연락이 왔다
꼭 보고 싶다고

이미 때를 놓쳐 버린 친구
내 손을 잡고
다른 친구들도 보고 싶다고 한다

친구들에게 연락해
함께 가겠다고 답을 했다

갑자기 생각난 사진 한 장
빛바랜 졸업사진을
액자에 넣어 병원에 갔다

친구는 액자 속 얼굴들을 쓰다듬으며
침대 창가에 놓아 달라고 했다

한동안 그 사진을 바라보다가
웃으면서 하늘나라로 떠났다

울음바다가 되었지만
액자 속 우리는
울지 않고
친구 가는 길
먼 곳까지 따라갔다.

개구리 합창

개구리가
큰 소리로 울고 있습니다

개구리 울음소리는
사랑의 신호라지요

개골개골
나도 소리 내어 봅니다

보고 싶다
보고 싶다
내 안에서
메아리로 울립니다.

가을비

가을비가 내려요

이 비 그치면
나뭇잎이 붉게 물들고
가을은 더 깊어지겠죠

그런데 어쩌죠?

내 마음은
아직
봄인데

내 안 가득
새싹 돋듯
그대 생각이 돋아나 있는데.

퀼트 고양이

내 앞으로 온
고양이가
울지 않습니다

밥을 달라고
보채지도 않습니다

항상 같은 자리에서
밝은 모습으로 나를 맞아 줍니다

이제는
고양이와 자연스러워졌습니다

기다림 속 그대도
그만큼 애태웠으니

이제 자연스럽게
내 앞에
보였으면 좋겠습니다.

단비

가뭄에
단비가 내린다
마음이 편하다

시원한 빗소리에
기분이 상쾌해진다
나에게도
단비처럼
기다리는 그대가 있다

이렇게 그리운데
내리는 비처럼
불쑥
그대도 왔으면 좋겠다.

달맞이꽃

그대 보고 싶은 밤
달 뜨자 환하게 웃는다
달맞이꽃!

날이 밝아오자
수줍은 듯 꽃을 닫는다
달맞이꽃!

하지만
그대 생각은
아침을 맞아도
내 안에
파릇파릇!

주전자

주전자에
물이 끓고
김이 납니다
차를 내립니다

찻잔 속에
담긴 향기!

향기 따라
추억 속으로 들어갑니다

늘 그랬듯
그대를 만납니다
행복한 나를 만납니다.

항아리

그대는 알까?

내 마음에 항아리가 있고
그 항아리에
그대 생각이 담겼다는 사실!

그 항아리
그대 생각이 담긴 만큼
더 가벼워진다는 사실!

기차

차창 밖으로
많은 풍경들이
스쳐 갑니다

그러다
다시 본 유리창에
그대 얼굴이 보입니다

오늘
운 좋게
1인 요금으로
두 명이 타고 갑니다

그대는
나에게 행운!
행운도 함께 타고 갑니다.

창문

이른 아침
창문을 두드리는
빗소리!

기어이
그리움 속으로 들어가
그대 생각을 내밉니다

사랑하자며
행복하자며.

비밀

"쉿!
지금 내 안에
그대가 있다는 것!"

비밀입니다

하지만
세상에
비밀은 없다지요?

새 달력

연말이 되면
새 달력을 찾는다
그리고
새해 계획을 표시한다

내 달력엔
온통 동그라미뿐!

누가 보면
의아해하겠지만
그대 생각하는 날에
동그라미 친 줄 알면

아하!
하고 이해하겠지?

카페산

두산 활공장
카페산 의자에 앉아
저녁노을을 바라봅니다

저 멀리
첩첩산중이 보이고
그 속에 그대가 보입니다

패러글라이더를 타고
그리움 속으로 들어가면
지금 저 모습
그대를 만날 수 있을까요?

* 카페산 : 충북 단양군에 있는 패러글라이딩 성지로 유명한 산

풍경 소리

땀을 흘리며
정방사에 올랐습니다

빈 의자에 앉아
멀리 내려다보는데
바람에 담겨 온
풍경 소리가 들립니다

눈 감고
그대 모습 불러냈는데
풍경 소리에 지워질까
눈을 떴습니다.

* 정방사 : 충북 제천시 수산면에 있는 사찰

제4부

고마워요, 우리 믿음

내 직장은

내 직장은
꿈을 키우고
그 꿈을
사랑으로 가꿔 온 곳
은행이란 이름으로
평생 함께 생활했다

하지만 모든 것에는
때가 있는 것
이제 떠나야 할 때가 되었다

막상 떠나려니
직장에서 얻은 정이
귓속말을 한다

"계속해서
KB국민은행
사랑해 줄 거지?"

힘이 되어 준 너

함께 지내면
닮는다고 했는데
오래 근무하다 보니
직장과 내가 닮았다

아침이면 갈 곳이 있고
도착하면 할 일을 펼치면서
나에게 힘이 되어 준 너

일터,
내가 너에게 힘이 된다고 하듯
나에게 힘이 된다고 하는
사람들이 있는 걸 보면 안다.

나의 일

그대가 안 보이면
하루가 길다

그대를 보면
하루가 행복하다

그대와 함께 있으면
시간 가는 줄 모른다

좋아서 하는
나의 일!

늘 찾아서 하는 그대
그대는 펼쳐지기도 전 설렌다.

KB국민은행

꿈을 모아
사람들에게
그 꿈에서 얻은 행복을
더 얹어 나누는 곳!

그 꿈이 만든
은행에서
행복을 선물 받았다

가정
사랑
행복

담보도 없이
가슴 뛰는 미래를 받았다.

고객이 먼저

심장이 떨린다
코스피지수 바라보면

심장이 멎는다
그대 생각하다 보면

아마도 나는
그대를 더 사랑하나 보다

이러다
안 되겠다
고객이 먼저!

그래도
심장은 뛴다.

복리 이자

복리 적금!

통장을 정리해 달라고 했다가
은행에서 안 된다며 거절하네요

그럼 혹시
다시 가입해야 하나?

앗! 실수
통장을 내민다는 게
그리움을 내밀었네요.

주식투자와 첫사랑

한쪽 가치가 올라가면
다른 한쪽이 내려가고
한쪽 가치가 내려가면
다른 한쪽이 올라가는 게
주식의 심리

하지만 첫사랑은
주식과 달리
끝없이 소유하고 있어야 하는 것!

보유한 주식은
적당히 올라갈 때 팔 수 있고
다시 살 수도 있지만

첫사랑은
팔 수도 없고
다시 얻을 수도 없는 것!

평생
가슴에 담고 살아야 하는 것!

무한 책임

당신이 우리를 찾아와
저축하던 날
우리도 당신에게 저축했지요

당신이 저축한 것은
우리에 대한 무한 신뢰

우리가 저축한 것은
그대에 대한 무한 책임!

독려

"잊지 못할 거 같아요,
지적을 지도로 대신해 주신 배려!"

실사 나갔다가
끝나고 후배 직원이 한 말입니다

조금 인정받은 것 같아
후배 직원에게
그저 감사할 따름입니다

참, 나도
나에게 지적받지 않기 위해
많이 노력하고 있습니다

아니,
내가 나를
까다롭게 독려하고 있습니다.

수련 앞에서

수련 잎 청개구리
더위를 지우며 울고 있다

직장에서 퇴직하면
직장이 다시 생긴다는 뜻인지

지금 떠나도
직장으로 돌아온다는 뜻인지

다시 들어 보니,
한세월 바쁘게 보냈으니
생각나는 대로 즐기라고 한다

지금 나를 보니
내 밖이나 내 안에
오직 나밖에 없다
다행이다.

인생 2막

정년퇴직이
눈앞에 다가왔지만

퇴직엔
인생 2막에 대한
기대가 담겨 있다

"수고한 당신!"
웃으며
커피 한잔 건네는
퇴직!

믿지 않다.

화분갈이터

화분갈이터를 지난다
이곳에
화분과 화초가 있다

화초에게
잘 자랄 수 있는
새 환경을 만들어 주는
화분갈이터!

나에게도
이런 곳이 있다

할 수 있다
하면 된다
하고 보자

늘 도전할 수 있게
날 독려하는
긍정적 사고가 쌓인.

광선초등학교 찬가

운동장 한켠에선
아이들이
공기놀이, 비석치기
고무줄놀이, 구슬치기를 하고 있다

학교 건물 사이에는
또 다른 게임이 진행 중이다

유년 시절 난
광선초등학교 주변을 누비고 다녔다

광선초등학교가 나에게
많은 기억을 남겨 주었듯
나도 'KB국민은행' 그대에게
남기고 싶은 게 있다

자랑스러움
고마움
자부심!

함께 달려 나와
서로 남겠다고 하는 기억
기억들.

* 광선초등학교 : 경기도 안성시 죽산면 두교리에 위치함

고무줄놀이

쉬는 시간
노래에 맞춰
줄넘기 놀이를 하는 아이들

그 아이들 곁으로 다가가
고무줄을 자르고 도망갑니다

내가 그랬던 건
그 아이 관심을 받고 싶어서였는데…

들고 있는 커피잔에
고무줄이 보입니다
늘어났다 줄었다
미안한 마음과
그리움이
기억 속을 넘고 있습니다.

고향에 가면

초등학교 교실
나무 마룻바닥을 닦기 위해

박카스 병에
참기름을 담아오라던 선생님

먼저 마룻바닥에
참기름을 묻히고
바닥에 앉아
박카스 병으로 광을 냈지요

고향에 가면
학교가 보이고
교실이 보이고
기억 속 내 모습이 보입니다

고소한 기억 속으로
친구들과 달려 나옵니다.

난로

교실 한가운데
물주전자가 놓인
큰 난로가 있다

난로 위에
노란 도시락이
켜켜이 쌓여 있다

쉬는 시간 난로 주위로 몰려와
서로 손 내밀고
호호 비비는 아이들

사랑과
우정이
그 손에서 비롯되었다

난로와 교실을 나와
오늘의 나를 만들고
고향 그리운 우리를 만들었다.

운동회

잠이 안 왔다

뜀뛰기는 내가 일등!
늘 그랬다

기둥에 매달린
박 터트리기!
꼭 내가 이겨야겠다

이런
이런
오재미는 안 던지고
꿈속에서
그대 생각을 던지고 있네

잠을 깬다
그리움이 터진다
보고 싶다!

하늘정원

풀벌레 소리
가득한
가을밤

광교 하늘정원에 앉아
호수공원을 바라봅니다

갈대숲 너머
바람이 붑니다

그 바람 속에
그대 생각이 담긴 걸 보면

지금
그대가
참 보고 싶은 게 맞습니다

태백산

태백산 천제단 정상에
눈보라가 몰아친다

아쉬움을 남겨두고
내려오는 길!

눈썰매를 탔다
브레이크도 못 잡고
그때 그 기억
그대 생각 속으로 들어갔다

여전히
눈 세상이 펼쳐져 있다
아름답다.

출렁다리

거창 우두산 출렁다리
내딛는 걸음마다
이리저리 출렁인다

그래,
그대 마음에도
출렁다리를 놓는 거야

우연히 만난
내 생각에
그리움이 흔들릴 수 있게.

화성행궁

화성행궁 산책로에는
잡초가 없습니다

길 따라
손잡고 걸어가는
인연들

그 모습 아름다워
풀마저 자리를 비켜줬나 봅니다

그 산책로를 걷고 있습니다
내 안에 그대를 불러내
함께 걷고 있습니다

아름다운 기억의
꽃을 피워
걷고 있습니다.

연지문

날씨가
무척 덥습니다

연지문을 들어서니
연꽃들이
내 얼굴에
더위부터 지웁니다

아,
그럴 수밖에요
연꽃을 보면서
그대, 웃는
얼굴인 줄 알았으니까.

* 연지문 : 전주 덕진공원의 정문

독도

저 멀리
독도가 우뚝 서 있습니다
언제나 지금처럼
그 자리에 그대로

그리움 속에
그대 생각이 담겼습니다

좋아하겠다고
고백한
그 마음으로 담겼습니다.

남이섬

아침 산책길
강변을 걷고 있습니다

물안개가 피어나
섬을 지웁니다

그리고
그곳에
그대 모습이 나타납니다

남이섬
오길 잘했습니다.

제5부

감사해요, 잊지 않을게요

동막마을 호수

물안개
가득 피어오르는
동막마을 호수

멀리서
다가오는 배 한 척

찾지 않은
저 배는 다가오는데
기다리는 그대는
왜 오지 않는지?

보고 싶다,
물안개 위에
나만 읽는 편지를 적고
오늘도
기다림을 이어 갑니다.

* 동막마을 : 경기도 안성시 죽산면 두교리에 있는 마을

관룡산

기암절벽
관룡산 풍경에 반해
용선대 석조여래좌상을 찾았다

다시 산 위로 올라가
내려다본 세상
참 넓고 아름답다

그래, 넓긴 해도
그대 웃는 얼굴 하나
그리기도 모자라니

지금은 그냥
아름답다고만 해야겠다.

* 관룡산 : 경남 창녕군 창녕읍 옥천리에 있는 명산

눈 내린 칠장사

사찰 풍경 소리
내리는 눈에 지워질 때

웅장한 범종 소리
조용한 산사의 존재를 깨웁니다

펼쳐진 하얀 세상
종소리에 그대 생각이 깨어납니다
그리움만 더욱 커집니다

그대 손잡고 걷고 싶은 마음
아쉽지만 지웁니다

나를 내려놓고 걷고 있습니다
종소리 울림이 가슴에 담깁니다.

* 칠장사 : 경기도 안성시 죽산면 칠장리에 있는 사찰

비슬산

진달래꽃
비슬산 가득
피었습니다

그대 생각 담고
산 위에 오릅니다

송이송이
진달래꽃이
그대 모습을 만듭니다

비슬산이
산 채로 가슴에 담깁니다.

* 비슬산 : 대구시 달성군과 경북 청도군의 경계에 있는 산

비봉산

청풍호반 케이블카를 타고
비봉산 정상에 올랐습니다
맑은 하늘에
뭉게구름이 나를 향해 다가옵니다

얼른,
구름이
그대 생각이라 여기니
웃는 얼굴이 되었습니다

운 좋게도
이곳에서
그대를 만났습니다.

* 비봉산 : 충북 제천 청풍면에 있는 산

죽변항

새벽 어시장
사람들로 북적거린다

그 속에
경매사 목소리가 우렁차다

삶의 풍경을 보다가
내 모습이 떠오른다

한평생
일상을
새벽처럼 살아온 나

토닥토닥,
정말 수고했어!

청산도

슬로시티 청산도
풍경이 파노라마처럼 다가온다

아름다운 풍경을 보다가
내 곁이 허전함을 느낀다

아무리
경치가 좋아도
그대 생각에는 못 미친다는 사실!

오늘
다시 알았다.

* 청산도 : 전남 완도군 청산면에 있는 섬

장사도

"엄마가 섬그늘에 굴 따러 가면…."

조용한 장사도에
아이들 노랫소리가 들린다

장사도 분교
나무 그늘 아래서
말뚝박기 놀이를 하는
어린 소년들!
표정이 맑다

그 속에
그맘때 내가 보인다.

* 장사도 : 경남 통영시 한산면에 있는 섬

불영계곡

불영계곡 물소리가
시원한 바람을 담고 내려옵니다

잠시 눈 감으니
귓가에 들려오는 소리
"보고 싶다!"
"보고 싶다!"

아하,
산이 좋고
계곡이 좋아
그대를 잠시 잊고 있었군요

참 많이 보고 싶은 그대여,
미안합니다.

* 불영계곡 : 경북 울진군 금강송면 하원리에서 근남면 행곡리
  까지 15km에 걸쳐 있는 계곡

산막이옛길

괴산 산막이옛길을 오릅니다
봄바람이 붑니다

산 정상에
진달래꽃이 활짝 피었습니다

산행에 쏟아진 땀이
진달래꽃 빛에 지워집니다

그제서야
예쁜 진달래꽃 속에서
웃는 그대가 보입니다.

구조라성

대나무숲 터널 지나
산 정상 전망대로 오릅니다
항구의 아침이 보입니다

수평선 너머
해가 올라옵니다

아~
깜짝이야!
그대 모습이
떠올랐지 뭡니까?

* 구조라성 : 거제도에 있는 조선시대에 축조한 산성

을숙도

철새도래지와
생태체험 천국
낙동강 하구 을숙도에 왔습니다

기다려 주는 이 없고
찾는 이 없어도
예쁜 꽃들이 피었습니다

갈미조개와
함께하는 시간
그런데
함께 왔으면 좋을
그대 생각이 납니다

이제
그대 생각은
일상이 되었습니다.

백담사

백담사 냇가에는
작은 소리가 담겼습니다

긴 세월 흐르는
냇물 소리에 담겼습니다

한 세월
이곳을 찾아와
내려놓고 간 생각들!

보고 싶다
보고 싶다
그리움으로 담겼습니다.

백두산

우리 민족의 영산
백두산에 올랐다

조선과 중국의
국경표지석 너머로
천지 푸른 물결이 반짝인다

깊고
숭고한 뜻
내 마음도 출렁인다

그래,
나도
잘 해낼 수 있어!

고려인들을 위해

블라디보스토크(Vladivostok, Владивосток)
우수리스크를 거쳐
연해주 하롤 농장 가는 길

"즈드라스트부이체(안녕하세요)!"

연해주 4억2천만 평
한국 논 420만 마지기
콤바인으로 벼 수확이 한창이다

발해의 영화로운 역사 이야기와
연해주의 아픈 독립운동가 이야기가
이곳 들판에 담겨 있다

말을 타고 달리다가
독립운동을 하다가
나로 돌아왔다

국적이 없어도
당당하게 살아가는 우리 민족!
고려인들을 위해 무엇을 해야 할까?
고민해야 하는
대한민국의 나로.

* 블라디보스토크 : '동방정복'의 뜻

시베리아 횡단열차

블라디보스토크
얼지 않는 항구도시

그곳에는
극동함대 잠수함과
시베리아 횡단열차가 있다

시베리아 횡단열차는
항구를 향해 달리고
횡단열차 속
내 그리움은
그대를 향해 달리고.

세렝게티 국립공원

탄자니아 세렝게티 국립공원은
야생동물의 천국
경이로운 자연이 살아 있다

마사이족 학교
1에서 100까지 쓴 숫자를 보며
영어로 읽고 있는 어린 소년을
안아 주었다

문명에 소외된
안타까운 오늘이
먼저 다가와 안기고
이어진 자부심이 따라 안긴다.

잠비아 빅토리아 폴

웅장한 폭포 소리에
이끌려
흠뻑 안개비를 맞는다

촉촉한 안개비를 벗어나
만난 무지개

가슴을 연다
무지개가 펼쳐지고
그대 웃는 모습이 보인다

이 먼 곳
이국땅에서도
그대가
그립다.

춤추는 돌고래

요트가
파도 위를 달린다

하와이 와이키키 앞바다에서
돌고래를 찾아 달리다가
춤추는 돌고래를 만났다

돌고래 앞에서
함성이 들린다

'나도 그대 앞에서
돌고래처럼 춤을 춘다면?'

이 생각에
함성이 지워진다

돌고래는 여전히 춤을 추고
나는 여전히 그대가 그립고.

잠베지강

노을 가득한 잠베지강
은빛 물결이 출렁인다

선상에서
아름다운 강물을 바라보다
깜짝 놀랐다

비행기표도
예매 안 했는데
왜 당신이 여기에 있지?

* 잠베지강 : 아프리카에서 네 번째로 긴 강

킬리만자로

탄자니아 북동부 킬리만자로
아프리카 대륙에서
가장 높은 산이다

이른 아침
산 정상을 향해 출발한다

길가 수로에 앉아 땀을 닦고 있다
시원하다

산에 다가설수록
점점 추워진다

후훗, 알겠지!
따뜻한 미소
그대가 먼저 생각난 이유.

* 킬리만자로 : 아프리카 스와힐리어로 '빛나는 산' 또는
  '하얀산'이라는 뜻

보봉호 세레나데

보봉호 유람선에 올랐다
가이드의 긴 설명은
알아들을 수 없다

호수 위 건물에서
누군가
유람선을 향해 노래한다
사랑의 세레나데 같다

탑승자 중 누군가가
아름다운 답가를 노래한다

나도 세레나데를 불렀다
그대 생각 꺼내
그리움을 노래했다.

* 보봉호 : 중국 장가계에 있는 인공호수

나를 찾아 떠난 모로코

끝없이 펼쳐진 지평선
북아프리카 모로코

지중해 지브롤터 해협을
배를 타고 건넌다

드넓은 구름과
광활한 땅이 마주 보고 섰다가
다가와 손을 내민다
"반가워!"

바쁜 일상 속
나를 찾아 떠난 여행!

그대도 나처럼
함께 손 내밀면 좋았을 텐데

아쉽다,
아쉬운 만큼 더 그립다.

오늘도
그대 덕분입니다